錢欣葆——著

勇敢機智

The Fable of Pupils

小學生寓言故事

前言

六至十歲的兒童是閱讀的關鍵期，適合的閱讀有助於增長知識，拓寬視野，豐富想像力，並且提高判斷是非的能力。在這個階段培養孩子良好的閱讀興趣和閱讀習慣非常重要，讓孩子學會閱讀、喜愛閱讀，受益終身。

錢欣葆先生是當代著名寓言家，寓言構思巧妙、幽默有趣、耐人尋味。文章短小精悍，語言凝練，可讀可誦。生動有趣的故事中

閃爍著智慧的光芒，蘊含著做人的道理。每篇寓言故事讓孩子感受不一樣的體驗、不一樣的樂趣，有不一樣的收穫。

《小學生寓言故事》有：誠實守信、勇敢機智、獨立思考、品德禮貌、謙虛好學、合作分享、溫馨親情、自立自強八冊。每篇寓言後面都有「故事啟示」，點明寓意，讓孩子更好地理解寓言中蘊含的深刻哲理。

這套寓言故事書，可用於家長和孩子的親子閱讀，有閱讀能力的孩子也可以獨自閱讀。美妙的文章中蘊含著人生大道理和大智慧，在輕鬆愉快的閱讀中，可以得到教育和啟迪，學到一些生活的智慧和做人的道理。

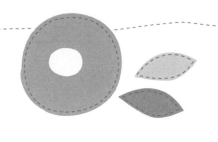

目次
Contents

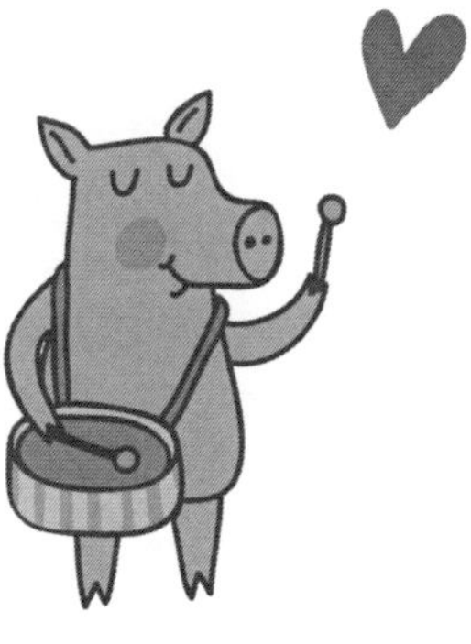

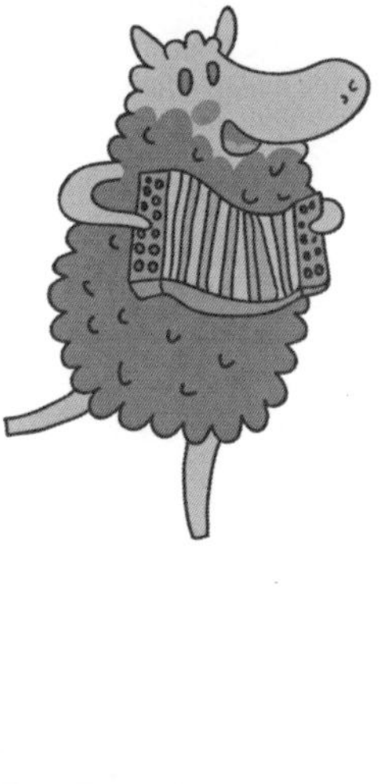

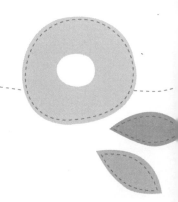

勇敢機智

生活在這個充滿競爭的世界上，不能整天怨天尤人，只能坦然面對。機智和勇敢讓弱者實力大增，常在危急關頭扭轉局面，讓奇蹟發生。面對突如其來的危機，膽怯和逃避都無濟於事，唯一的辦法就是勇敢面對。兩強相遇，勇者勝；兩勇相遇，智者勝。要取得成功，就必須要做一個勇敢機智的人。

1 聰明的灰兔

灰兔在山坡上玩耍，發現狼、豺、狐狸鬼鬼祟祟地向自己走來，急忙飛快地鑽入了自己的洞穴中避難。灰兔的洞一共有三個不同方向的出口，為的是在情況危急時能從安全的洞口撤退。今天，狼、豺、狐狸聯合起來對付灰兔，他們各自把守一個出口，把灰兔圍困在洞穴中。

狼用他那沙啞的嗓子，對著洞中喊道：「灰兔你聽著，三個出

口我們都把守著，你逃不了啦，還是自己走出來吧。不然我們就要用煙熏，還要把水灌進去！」

灰兔想：「這樣一直困在洞裏也不是辦法，如果他們真的用煙熏、用水灌，情況就更加不妙。」灰兔靈機一動，想出了一個妙計。他來到狐狸把守的洞口，對著洞外邊拚命地尖聲叫著，就像被抓住後發出的絕望慘叫聲。狐狸感覺有點莫名其妙，就用爪子去抓洞口的灰兔，灰兔卻機靈地退到了裏面。

狼和豺聽見灰兔的尖叫聲，心想：「一定是灰兔從狐狸把守的洞口逃出來時被狐狸抓住了！」他們擔心狐狸抓到灰兔後獨自享用，不約而同地飛奔到狐狸那裏。等狼、豺、狐狸意識到灰兔可能是用了聲東擊西計謀時，急忙又回到各自把守的洞口，傻等著。他們哪裏知道，灰兔趁剛才他們到狐狸那裏時，早已飛奔出來，躲到了安全的地方。

灰兔把自己脫險的經過告訴了刺蝟，刺蝟說：「你的勇敢機智讓我佩服，你是怎麼想出這個妙計來的呢？」

灰兔說：「因為我知道，狼、豺、狐狸雖然結夥前來對付我，但他們都有貪婪的本性，互不信任，各懷鬼胎，我正是利用了這一點。」

故事啟示

在危急關頭，千萬不能害怕膽怯，要勇敢機智面對危機。克服危機光有勇敢是遠遠不夠的，還需要智慧，機智靈活面對。

②騎白馬的大將軍

敵人侵犯邊疆，國王命令大將軍帶騎兵出征討伐。

大將軍來到軍隊的養馬場，在眾多戰馬中挑選了唯一的一匹白馬作為自己的坐騎。士兵騎的都是棗紅馬，大將軍騎在高大的白色戰馬上，格外引人注目。

大將軍的老父親知道兒子要出征殺敵，特地拄著拐杖來為他送行。

父親看了一眼兒子騎的白馬，說：「你的騎兵部隊騎的都是棗紅馬，就你一人騎的是白馬，格外顯眼，敵人很快就會發現你是主帥。敵人會瞄準你射箭，你後退他們就朝著你追。你可知道，騎著與眾不同的白馬，你完全暴露在敵人面前？」

大將軍對父親說：「我知道白馬特別顯眼，所以我特地選牠做坐騎。敵人肯定會格外注目我，但是我不怕。我根本就沒有想到退卻，作為主帥就要一馬當先衝鋒在前。讓我的部下一眼就看見我騎的白馬衝在最前面，好振奮士氣，激勵鬥志；讓敵人見了我騎的白馬衝入他們中間，聞風喪膽，狼狽逃竄！」

父親聽了兒子的話，捋著白鬍鬚滿意地點點頭，說：「你這樣勇敢無畏，我就放心了。我相信，身先士卒的勇猛大將軍一定會讓士氣振奮，勇猛無比！」

大將軍凱旋，受到國王和民眾的盛大歡迎。

故事啟示

人的一生中會遭遇形形色色的危機和挑戰，膽怯退縮必將失敗，只有勇敢機智地積極面對，才能獲得成功。勇敢機智與成功常常如影隨形。

③小灰熊和小灰兔

山林裏有一隻膽子很大的小灰熊，他什麼都不怕。一天，小灰熊和獅子相遇了，獅子想抓他，他一點都不害怕，和獅子展開了你死我活的搏鬥。小灰熊有力地一巴掌重重打在獅子的大鼻子上，疼得獅子哀哀叫，灰溜溜走了。

小灰熊對小灰兔說：「我見了大獅子也毫不畏懼，我是山林中最勇敢的孩子；你見了小狐狸就嚇得拔腿就逃，你是山林中最膽小

的動物。」

小灰兔說：「勇敢當然是值得自豪的，但我認為遇到強敵及時撤退並非不勇敢，這也是聰明之舉啊！」

小灰熊說：「在我看來，不管是什麼情況，逃跑者總是可憐的懦夫。」

小灰兔正想解釋，看見有一隻金錢豹正向這裏走來，急忙對小灰熊說：「快逃，金錢豹來了！」

小灰兔說完，飛快地躲進了旁邊的洞裏。

小灰熊哈哈大笑說：「看你嚇成這個樣子，我獅子也不怕，還怕金錢豹嗎？」

金錢豹「嗖」的一聲騰空而起，向小灰熊猛撲過來，小灰熊一閃身躲開了。小灰熊用盡全身力氣對準金錢豹的大鼻子上打過去，金錢豹頭一歪，沒有被打著。金錢豹大吼一聲再次撲過來，小灰熊躲閃不及，被金錢豹抓住了，拚命掙扎也無法逃脫，嚇得大哭起來。

小灰兔在洞口看見了剛才的一切，見情況萬分危急，急忙走出洞來，背過身去，用兩隻有力的雙腳飛快地撥著地上的沙土，沙土像無數顆子彈一樣「嘩啦啦」向金錢豹的頭上飛射過去。金錢豹沒防備，頓時嚇呆了。他的眼睛裏也飛進了沙子，疼得直吼，放下小灰熊狼狽逃竄。

小灰熊對小灰兔說：「謝謝你救了我。我十分佩服你的勇敢機智！」

故事啟示

勇敢必須要有膽量，而膽大並不一定是勇敢。麻痺輕敵，鬆懈鬥志，往往會讓自己身處危險境地。有了勇敢和智慧，才能戰勝強大的敵人。

④娃娃魚的計謀

小松鼠正在山溪邊的松樹上尋找松果，突然聽見「哇哇」的嬰兒哭聲，覺得十分奇怪。深山老林人跡罕至，怎麼會有嬰兒呢？小松鼠低頭向聲音傳來的地方看去，原來是娃娃魚發出的叫聲。

娃娃魚見小松鼠好奇地看著自己，就對他說：「我是大鯢。因為我的叫聲很像嬰兒哭，所以大家都叫我『娃娃魚』。三億年前我

們的祖先就生活在這個世界上，所以被人們稱為『活化石』呢。我肚子餓了，想抓幾隻石蟹充饑。」

小松鼠說：「石蟹有那麼多的腳，行動敏捷，你怎麼能夠抓住他呢？」

這時，娃娃魚見石蟹正在走過來，不再說話，趴在淺水中一動不動地等著。石蟹以為娃娃魚死了，伸出螯爪夾住了他的尾巴，想飽餐一頓。突然，娃娃魚「嗖」的一聲迅速把尾巴向頭部拍打過去，一口就把石蟹吞進了肚子。

小松鼠對娃娃魚說：「你很有計謀，擺『尾巴陣』引石蟹上鉤。不過，我看到你沒有用牙齒咬嚼，就把整個石蟹吞進了肚子。難道你沒有牙齒？」

娃娃魚笑著說：「我的牙齒又尖又密，獵物進入口內就很難逃掉。但是我的牙齒不能咀嚼，只能將食物囫圇吞下，然後在胃中慢慢消化。」

饑餓的黃鼠狼在山溪邊尋找食物，突然聞到了魚腥味，快步走向娃娃魚。娃娃魚拚命逃跑，但是沒有黃鼠狼跑得快，情況十分危急。千鈞一髮之際，娃娃魚突然回頭，張口把腹中還沒有消化的石蟹「噗」的一聲噴向黃鼠狼。黃鼠狼不知道娃娃魚使的是什麼怪招，嚇呆了。他見娃娃魚從嘴裏噴出的東西原來是石蟹，就津津有味地吃了起來。娃娃魚趁機爬進石縫中，躲藏起來。

娃娃魚見黃鼠狼走遠了，又鑽出來繼續搜尋，準備捕捉石蟹。

小松鼠說：「剛才發生的事情我都看到了，沒有想到你竟然還有對付黃鼠狼的絕招，你真是足智多謀啊！」

娃娃魚說：「其實，擺『尾巴陣』捕捉石蟹和向黃鼠狼噴吐肚子裏的東西逃生，都是我們娃娃魚賴以生存的本領。如果沒有獨特的看家本領和適應能力，就難以在這個充滿競爭的世界上生存啊！」

故事啟示

遇到突如其來的危險，不能驚惶失措，要沉著鎮靜。既要勇敢，又要機智。

⑤ 小松鼠歷險

狐狸找了半天沒有找到食物，肚子餓得貼在背脊上。他抬頭一看，發現小松鼠正在樹上津津有味地吃松果，就對小松鼠說：「你整天待在松樹上多麼無聊，還是下來吧，我們一起在森林裏玩，多好啊！」

小松鼠看了一眼狐狸，說：「好啊，我也正想去玩呢！我的腿短，走路太慢，這樣吧，我騎在你的背上，你帶我去玩。」

狐狸聽小松鼠這麼說，不由得暗暗高興，於是順口答應，讓小松鼠跳到了自己背上。狐狸見小松鼠已經中計，彎身在地上打了個滾，把小松鼠摔倒在地上。

狐狸兇相畢露，一把抓住小松鼠，冷笑一聲，說：「你這隻傻松鼠，我是想用你填飽肚子呢！」

小松鼠沒有想到狐狸會對自己下毒手，很害怕，但一會兒就鎮定下來。

小松鼠靈機一動，對狐狸說：「你要吃掉我，我也沒有辦法。不過我要告訴你，我臀部有一個很毒的膿瘡，你吃了也會中毒的。」

狐狸狡猾地看了一眼小松鼠，說：「你別在我狐狸面前耍小聰明！毒瘡有什麼要緊，大不了有毒瘡的那塊肉我不吃就是了。」

狐狸說完瞪著雙眼，聚精會神地觀察小松鼠的臀部，想看看毒瘡究竟有多大。小松鼠見時機已到，馬上用毛茸茸的大尾巴向狐狸的眼睛「刷、刷、刷」一陣猛掃。狐狸沒有想到小松鼠會有這麼一招，眼睛被小松鼠尾巴掃得疼痛難忍，流淚不止。狐狸急忙放下小松鼠，用手拚命揉擦眼睛。

小松鼠趁機爬上了松樹樹梢後，微笑著對正在懊惱嘆氣的狐狸說：「傻狐狸，實話跟你說，我臀部根本就沒有毒瘡！說有毒瘡是想讓你睜大眼睛看臀部，我好施展我們松鼠祖傳的『尾巴掃眼功』啊！」

松鼠媽媽知道了小松鼠歷險和脫險的經過後，語重心長地對小松鼠說：「輕信使你上當，自投羅網；機智讓你抓住機會戰勝強敵，安然脫險。教訓和經驗同樣重要，你要永遠銘記啊！」

故事啟示

遇到強敵時害怕和蠻力都沒有用，只有勇敢和智慧能夠讓你化險為夷。當危險逼近時，不要害怕，也不要莽撞，應該用自己的聰明才智去戰勝敵人。

⑥ 打蛇

從前，有一個老漢，他有三個兒子。老大、老二都長得虎背熊腰，十分強壯，老三卻是個文弱書生。

一天，老漢問三個兒子：「你們三個誰最勇敢？」

老大拍著胸脯，說：「我最勇敢，我老虎也不怕！」

老二搶前一步，說：「我最勇敢，我獅子也不怕！」

老三說：「我也很勇敢，什麼也不怕！」

老漢指著自己的臥房，說：「你們這麼勇敢，我很高興。剛才，我看見幾條毒蛇鑽進了我床上的被子裏，現在你們去把蛇抓出來吧！」

老大急忙捧著肚子，說：「哎唷，我肚子突然好疼，還是老二去抓吧！」

老二聽了退後兩步，說：「哎唷，我頭正疼著呢，還是老三去抓吧！」

老三二話不說，拿了根棍子，小心翼翼地走到父親床前。他用棍子「嗖」一下，就把被子挑開，正想用棍子向床上猛打，卻發現床中央放著三條銀光閃閃白銀製成的飛龍，根本不見蛇的蹤影。

看到老三用手捧著三條銀龍走出來，老漢高興地說：「你才是最勇敢的孩子！這三條銀龍就給你了，作為對你的獎賞。」

老大、老二十分後悔，口裏怪說：「父親太偏心了！」衝過去就要奪老三的銀龍。

老漢向前擋住了他們，說：「你們爭奪名利時倒是很勇敢，剛才需要你們勇敢的時候卻為什麼裝病縮在一邊呢？」

故事啟示

有的人在危難未到之時慷慨激昂，而在危難來臨時卻熱血冰消雪化。他們爭名奪利時表現得很勇敢，需要他們勇敢的時候卻成了逃兵。

⑦ 跑得最快的馬

從前，有位將軍想選一匹滿意的千里馬作為自己的坐騎。伯樂給他推薦過幾匹千里馬，將軍十分挑剔，都不滿意。

這天，牧民們在草原上舉行一年一度的跑馬比賽，哪匹馬跑得最快，就獎一塊印有「千里馬」的牌子。將軍很早就來到賽馬場，希望能夠在這裏挑選一匹各方面都出色的千里馬。

跑馬比賽開始了，一匹高大健壯的白馬在眾多競爭者中脫穎而

出，最先到達終點。這匹戴著「千里馬」獎牌的白馬，看起來更加精神抖擻，更加惹人喜愛。

將軍對白馬的主人說：「我要買下白馬作為坐騎，出征打仗，為國立功。」

主人一開始捨不得賣掉自己心愛的白馬，將軍好說歹說，他才同意將白馬賣給將軍。

不久，將軍就騎著白馬，帶兵去邊疆打擊入侵的敵人。將軍想：「自己的坐騎是賽場上勝出的千里馬，定能一馬當先，衝鋒在前！」

兩軍在山坡上相遇，雙方士兵們的吶喊聲、馬嘶聲、兵器相碰時的「鏘鏘」聲交織在一起，一浪高一浪。將軍所騎的白馬從來沒有見過這種激烈廝殺的場面，嚇得直打哆嗦，慢悠悠地向前走。將軍又氣又急，拚命催促白馬向前衝，白馬根本不聽指揮。將軍不能帶頭衝鋒，士兵們的衝鋒速度也就慢了下來，結果這場戰鬥打得十分艱難，而且損失慘重。

將軍想：「如今冒牌的千里馬很多，但是我的白馬是在賽馬場中憑著實力勝出的千里馬啊，怎麼一到了戰場就成了跑得最慢的膽怯弱馬了呢？真想不透！」

伯樂對將軍說：「看一匹馬是不是真正的千里馬，不能光看牠在賽場上的奔跑速度，還要看牠內在的素質。戰場和賽場情況不同，你選膽小懦弱的白馬做戰馬，不誤事才怪呢！」

故事啟示

許多天才因缺乏勇氣而在這世界上消失，沒沒無名。他們由於膽怯，從未嘗試努力。他們若經過誘導和激勵，奮發努力，就很有可能功成名就。

⑧駱駝勇鬥金錢豹

金錢豹自以為力氣大，跑得快，趾高氣揚，走路大搖大擺。

今天，金錢豹和駱駝在一條狹窄的小木橋上相遇了，他瞪著眼睛大聲對駱駝說：「你竟敢攔我的路，還不趕快讓開！」

駱駝點點頭，不聲不響地退了回去，讓金錢豹先過橋。

金錢豹走過了小木橋，看著站在一邊讓路的駱駝，說：「我走不動了，你趕快馱我回家吧！」

駱駝點點頭，將身體貼在地上，讓金錢豹騎在他的背上。

駱駝把金錢豹馱回了家，正要轉身離去，金錢豹大聲說：「你別走！現在起你就是我的了，我要你每天帶我出去兜風，還要你給我馱運貨物。」

駱駝不理金錢豹，只管大步往回走。金錢豹見駱駝不聽自己的話，十分惱怒，他拿了一根繩子，把它套在駱駝的脖子上，準備拴住他。駱駝看了一眼兇神惡煞般的金錢豹，怒火萬丈，把胃裏許多黏糊糊的東西「嘩」一聲噴在了金錢豹的臉上。

金錢豹以為駱駝沒有什麼防衛武器，好欺侮，沒有想到被他噴得滿臉都是髒東西。這東西不但氣味難聞，而且臉部感到熱辣辣的十分難受。金錢豹的眼睛裏也被噴進了黏液，又痛又難忍，看出去模模糊糊的。

駱駝看著狼狽不堪的金錢豹，說：「雖然你的語氣很不禮貌，但是我寬容了你，還是滿足了你的要求。你非但連一句感謝的話也不說，還得寸進尺想讓我做你的奴隸，真是白日做夢！」

金錢豹一邊用手抹去臉上的黏糊東西，一邊自言自語地說：「沒有想到看上去老實巴交、沒有本領的駱駝也有祕密武器。」

金錢豹怕駱駝再向他噴黏糊東西，嚇得掉頭就逃。

故事啟示

遇到危難，不要害怕退縮，只有勇敢和堅強才能讓你渡過難關。一些人把別人的寬容忍讓看作懦弱，把自己的無法無天當作勇敢無畏，這種人沒有什麼好結果。

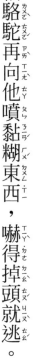

9 小溪中的大搏鬥

河馬媽媽剛把家搬到小溪邊，就帶著小河馬跳進清澈的小溪中洗澡。鱷魚從來沒有見過四肢粗大、身體健壯、頭和嘴巴都特別大的河馬，心中有些害怕。

鱷魚一邊慢慢游過去，一邊問河馬媽媽：「你是新來的吧，叫什麼名字呀？」

河馬媽媽指著小河馬，說：「我叫河馬，這是我的孩子。」

鱷魚試探性地問：「看你肚子這麼大，一天要吃好多食物吧？」

河馬媽媽拍拍圓鼓鼓的大肚子，說：「對，我每天要吃很多食物呢！」

鱷魚見河馬媽媽打哈欠時張開的嘴巴十分巨大，牙齒也特別大，嚇得渾身打哆嗦。

鱷魚討好地對河馬媽媽說：「我的肉硬邦邦的，不好吃。等會兒有野馬、梅花鹿、猴子到這裏飲水，我請你先吃。他們的肉才鮮美可口呢！」

鱷魚見河馬媽媽不回答也不理睬自己，心裏更加驚恐，忙賠著笑臉，說：「既然我們都喜歡水，食量又都很大，就交個朋友吧！如果你喜歡在小溪南岸邊捕食前來飲水的動物，我就在小溪北岸邊捕食前來飲水的動物。你看好不好呢？」

這時，河馬媽媽突然感覺鼻子裏有點癢，忍不住「啊——嚏——」一聲，打了好大一個噴嚏，無數水珠噴向了鱷魚。

鱷魚以為河馬媽媽不滿意自己的話發怒了，趕忙討好地說：「如果你不滿意我的分配，你儘管說，一切都聽從你的。」

小河馬見小溪邊上長著一叢碧綠鮮嫩的青草，忍不住游過去津津有味地吃了起來。

鱷魚見了，高興得手舞足蹈，輕蔑地對河馬媽媽說：「原來你們河馬只不過和野馬、梅花鹿一樣是無能的食草動物。我吃過野馬肉，今天就來嘗嘗小河馬肉的滋味！」

鱷魚飛快地向小河馬猛衝過去，張開了血盆大口。河馬媽媽見鱷魚要傷害自己的孩子，衝過去和鱷魚展開了大搏鬥。小溪中白浪翻滾，水花飛濺。河馬媽媽看準時機，一口咬住了鱷魚的尾巴。鱷魚拚命掙扎，尾巴斷了一大截。鱷魚疼得「哇哇」直叫，狼狽逃竄。

故事啟示

見強者就獻媚巴結、見弱小就下毒手的人是十分卑鄙無恥的。對於這樣的人，不能有絲毫的膽怯和忍讓，只有勇敢面對，給予痛擊！

⑩ 螳螂脫險

夏天，赤日炎炎。一隻蟬躲在樹枝上不停地鳴叫著：「熱死了，熱死了……」

螳螂輕輕移動腳步，悄悄向蟬逼近，蟬卻一點兒也沒有發覺。螳螂見蟬就在眼前，迅速用帶刺的臂膀「嚓」一下把蟬緊緊鉗住了。

黃雀早就注意到了螳螂在捕蟬，一直緊跟在螳螂的後面。

黃雀見螳螂抓住了蟬，十分高興，用他的腳爪壓著螳螂和蟬，得意地對螳螂說：「你顧前不顧後，沒有料到我早就在你的身後吧！難道你沒有聽說過『螳螂捕蟬，黃雀在後』這句成語嗎？」

螳螂回頭看了黃雀一眼，靈機一動，說：「我不僅知道這個成語，還知道這個成語後面還有一句話，你知道嗎？」

黃雀想：「這隻螳螂死到臨頭還很幽默，我倒要聽他說些什麼，反正他逃不了。」黃雀問道：「快說，成語後面的那一句話是怎麼說的？」

螳螂說：「就是：『黃雀抓螳螂，花蛇在後面。』你回頭看看，你身後有一條張開大嘴巴的大花蛇正盯著你呢！」

黃雀最怕的就是蛇，聽螳螂說他身後有一條大花蛇，嚇得尖叫一聲，「撲楞」一下飛了起來。螳螂等黃雀的腳爪一鬆開，立刻抓著蟬敏捷地鑽進了樹洞。黃雀定神細細一看，樹上根本就沒有什麼大花蛇，而且螳螂也逃得不知去向了。黃雀知道自己中了螳螂的脫身之計，十分懊惱。

螳螂把自己脫險經過告訴了他的夥伴們，大家聽後都說他了不起。

螳螂平靜地說：「這算不了什麼，我只是吸取了螳螂家族在黃雀面前束手就擒的慘痛教訓而已。」

故事啟示

機智和勇敢讓弱者實力大增，常在危急關頭扭轉局面，讓奇蹟發生。面對突如其來的危機，膽怯和逃避都無濟於事，唯一的辦法就是勇敢面對。

⑪ 花貓與老鼠

花貓是捕鼠能手，再狡猾的老鼠他也能抓住。老鼠們恨透了花貓，就是沒有對付他的辦法。這天，幾隻老鼠又在一起商量如何對付花貓。

一隻小老鼠哭喪著臉，說：「唉！這隻花貓神出鬼沒，時常躲藏在暗處伏擊。我們如果逃跑時稍慢一些，就會被他抓住呢。」

大老鼠捋著鬍鬚，慢悠悠地說：「別怕，我最近想出了一個對付花貓的絕妙辦法。經過細心觀察，我發現這隻花貓特別喜歡小鈴鐺，我們何不投其所好，給他送一個去。」

小老鼠疑惑不解，問道：「送小鈴鐺又有什麼用？」

大老鼠說：「我們把偷來的小鈴鐺放在花貓經過的地方，他看到一定十分喜歡，會把小鈴鐺戴脖子上。這樣一來，他走到哪裏，小鈴鐺就響到哪裏，他的動向都在我們的掌握之中，我們還有什麼好害怕的呢？」

這一天，花貓在地上撿到一個十分可愛的小鈴鐺，他很喜歡。花貓一會兒把小鈴鐺拿在手中，一會兒又掛在脖子上。他又蹦又跳，小鈴鐺「丁鈴鈴」響個不停。老鼠見花貓中計，一個個手舞足蹈。

大老鼠對夥伴們說：「從今以後，大家只要聽到有小鈴鐺響聲的地方別去，沒有小鈴鐺響聲的地方是絕對安全的。」

晚上，老鼠們聽見小鈴鐺的響聲在東屋廚房，就一起溜到西屋糧倉去偷東西吃。哪知花貓早就埋伏在糧倉中，他大喝一聲，突然就站到了老鼠面前。老鼠們沒有想到花貓守候在這裏，一個個嚇得直打哆嗦。

大老鼠自言自語道：「奇怪，怎麼小鈴鐺響聲在東房，花貓卻在西房呢？」

花貓幽默地說：「這有什麼好奇怪的！我把小鈴鐺掛在東屋的窗口，風一吹，它就響個不停，這叫『聲東擊西』。」

故事啟示

俗話說：「聰明反被聰明誤。」自作聰明的人常常要為自己的「聰明」付出慘痛代價，而真正的聰明人，總能機智勇敢地戰勝困難，取得勝利。

⑫雞媽媽的妙計

早晨，雞媽媽帶著雞娃娃們在房子前面的草地上悠閒地散步。

鄰居黑狗大哥走過來，對雞媽媽說：「今天我就要去旅遊了，晚上才能回家。我走後你要格外小心啊！」

雞媽媽送別了黑狗大哥，把雞娃娃們帶回了家裏。雞媽媽剛剛關好門窗，灰狼和狐狸就來到房前。

狐狸一邊敲著門一邊大聲說：「今天是我和灰狼的生日，我們是來請你和孩子們一起去吃生日蛋糕的。快開門吧！」

雞媽媽知道狐狸和灰狼不懷好意，靈機一動，對著門外說：「今天也是我的生日，做了一個很大的蛋糕，我們就不去你們那裏了。」

狐狸和灰狼見雞媽媽不開門，就搬來一塊石頭，想砸開大門。雞娃娃們從門縫中見到狐狸和灰狼要砸開大門，十分害怕。

雞媽媽急中生智，大聲對門外說：「今天也是黑狗大哥的生日，他在和我們一起過生日呢！如果你們願意，請你們進來和我們一起過生日吧！」

狐狸聽了雞媽媽的話，一邊放下石頭一邊小聲對灰狼說：「剛才我們經過黑狗家門口時見大門緊閉，他會不會真的在這屋裏啊？」

灰狼膽戰心驚地說：「這黑狗太兇猛了，我們進去，不是自找倒楣嗎？如果再不逃跑，他衝出來我們就要遭殃了啊！」

雞媽媽見狐狸和灰狼回頭就跑，知道他們中計了，就打開大門大聲說：「黑狗大哥叫你們進來一塊過生日呢，你們怎麼就跑了呀?!」

狐狸和灰狼越跑越快，一會兒就逃得無影無蹤了。

雞媽媽語重心長地對孩子們說：「想做壞事的傢伙總是心虛的，他們一聽到黑狗大哥在屋裏就嚇破了膽。」

故事啟示

想做壞事的傢伙總是心虛的，我們要充分利用這一點。見到壞人害怕毫無用處，求情也是無濟於事，只有勇敢和智慧才能化險為夷。

⑬ 狐狸請跳舞

狐狸想動灰兔的主意，但在大庭廣眾之下不好下手。他眼睛轉啊轉，想出了一個鬼點子。

狐狸笑嘻嘻地對灰兔說：「你的兩隻腳長，跳起舞來一定十分迷人，我們到安靜一點的地方去好好瀟灑一回吧！」

灰兔知道狐狸動的是壞腦筋，想了一想，說：「白天跳舞多沒意思，我們還是晚上等月亮出來去小河邊跳舞，那才浪漫有趣呢！」

狐狸聽了，正中下懷，笑著說：「那好，那好，不見不散！」

晚上，一輪明月冉冉升起，小河邊灑滿了迷人的銀色月光。狐狸見灰兔走過來，急忙撲了過去，一把抓住了灰兔的長耳朵。

狐狸冷笑一聲，說：「你真是一隻笨兔子，我略施小計你就上當了。你就到我肚子中去跳舞吧！」

灰兔一邊努力掙脫一邊急忙吹起了口哨。狐狸想：「這隻灰兔腦子出問題了，死到臨頭還裝瀟灑，吹什麼口哨！」狐狸哪裏知道，灰兔是用口哨聲向白狗發出緊急求助信號。白狗聽見灰兔的口哨，急忙從樹叢後衝出來。

狐狸見了威風凜凜的白狗，忙賠著笑臉說：「別誤會，我剛才只是和灰兔開個玩笑，我們是來跳舞的。」

白狗一步一步向狐狸走過去，笑著說：「狐狸先生，你心虛什麼？灰兔知道你是跳舞高手，怕不是你的對手，所以約我同來奉陪你。來吧，我和你先跳一會兒，是跳華爾滋還是迪斯可？」

狐狸知道自己陰謀已經敗露，形勢對自己不利。

狐狸見白狗向自己步步逼近，嚇出了一身冷汗，一邊開溜一邊說：「我身體突然不舒服，不想跳舞了。」

灰兔對著狼狽逃竄的狐狸故意大聲說：「是你邀請我來跳舞的，怎麼自己就走了呢！」

故事啟示

一些原來並不太熟悉的人突然對你大獻殷勤，多半沒有什麼好事。與心懷叵測的人打交道，必須提高警惕，機智沉著才能讓他的陰謀詭計徹底暴露。

14 愛恨分明的刺蝟

老虎餓極了，到處尋找食物。他看見刺蝟在吃落在地上的野果，就走過去想吃刺蝟。刺蝟急忙把身體蜷縮成一個刺球，用腳猛一蹬，刺球就「骨碌碌」向老虎滾過去。老虎的腳被刺蝟的尖刺扎了一下，驚叫一聲逃跑了。

躲在樹叢中觀察很久的狐狸一邊鼓掌，一邊走出來，對刺蝟說：「剛才我都看到了，你真勇敢，真是了不起，把老虎都趕跑

了！我你合作，一定能夠無往不勝！」

刺蝟看了一眼狐狸，說：「我們能有什麼可合作的呢？」

狐狸搖頭晃腦地說：「有你的勇敢善戰，再加上我的聰明才智，我們就誰也不怕了！誰和我們作對，我們就讓他吃苦頭！黑狗還在背後講你壞話，說你渾身長刺不是好東西！黑狗是我們共同的敵人，我們要好好教訓他！」

刺蝟說：「那我們怎麼教訓黑狗呢？」

狐狸說：「我有妙計，你照我的話去辦就是了。你先潛伏在黑狗家中，趁他趴在地上睡覺時，你就突然蜷縮成刺球滾過去，把他的雙眼刺瞎。瞎了眼的狗，就不會管閒事了！你看我的妙計怎麼樣？」

刺蝟對狐狸說：「這樣做也太狠毒了吧！」

狐狸陰陽怪氣地說：「對黑狗就是要狠毒點！你如果把這件事辦成，我會送你吃香甜大紅棗。」

刺蝟迅速把身體蜷縮成刺球，向狐狸的腳上猛扎過去，刺得狐狸「哇哇」直叫。

狐狸說：「你瘋了，叫你去刺黑狗，你怎麼刺我呢？」

刺蝟對狐狸說：「你挑撥離間，引誘、教唆我去做傷天害理的事，我才不會上你的當呢！」

狐狸見刺蝟又蜷縮成刺球飛快地滾了過來，嚇得撒腿就逃。

故事啟示

勇敢無畏的人是可敬的，但是如果他被恭維話迷惑，就容易被別有用心者利用。做人一定要立場堅定，愛恨分明，絕不能夠上別有用心者的當。

⑮ 老虎牙痛

自從狐狸偷盜的事被金絲猴揭露後，他就懷恨在心，等待時機報復。

一天，狐狸知道老虎牙痛得厲害，就去對他說：「俗話說：『牙痛不是病，痛起來真要命。』你得趕快想辦法治療。」

老虎痛得坐立不安，捂著臉對狐狸說：「我已經請許多醫生看過了，藥也吃了不少，可是一點作用也沒有。」

狐狸見老虎十分焦躁，故意慢吞吞地說：「聽說有一帖專門治療牙痛的祖傳祕方，保證藥到病除。但是，估計他不肯把祖傳祕方拿出來。」

老虎生氣地說：「我要的東西誰敢不拿出來！快說，誰有治療牙痛的祕方？」

狐狸對老虎說：「金絲猴有治療牙痛的祖傳祕方。」

老虎和狐狸找到了金絲猴，要他交出治療牙痛的祖傳祕方。

金絲猴問老虎：「是誰告訴你，我有治療牙痛的祖傳祕方的呢？」

老虎指著身邊的狐狸，說：「是他親口說的，不會錯！」

金絲猴知道狐狸是在報復他，如果交不出祕方，老虎肯定不會輕饒他。

金絲猴靈機一動，對老虎說：「對對，我確實是有一帖治療牙痛的祖傳祕方，我馬上到家裏去拿。」

金絲猴回到屋內，用筆在一張紙上飛快地寫下一行字，然後走出門來。

金絲猴走到老虎和狐狸面前，說：「這就是治療牙痛的祖傳祕方，你們自己拿去看吧！」

狐狸看著紙上的字，傻了眼。上面寫著：

取狐狸尾巴半條，烤乾後研磨成細末服用。治療牙痛有神效！

老虎信以為真，一把抓住狐狸尾巴就要用刀砍。

狐狸急忙對老虎說：「你千萬別信金絲猴！其實他根本就沒有什麼治療牙痛的祖傳祕方，是我騙妳的……」

金絲猴說：「祖傳祕方的事是你親口跟老虎說的，怎麼一會又說根本就沒有祖傳祕方了？我看你是捨不得你的半條尾巴吧！」

狐狸看著老虎高高舉起的刀，嚇得直冒冷汗。

故事啟示

當陰險狡詐的敵人將你逼上絕路，你應該勇敢面對。選擇「以其人之道還治其人之身」的辦法，或許是一個智慧的應對之策。

⑯獼猴的鄰居

獼猴建造的新房前面是小溪，後面有許多高大挺拔的大樹。房子周圍有許多五顏六色的花朵，美極了！

紅狐狸來到獼猴的新房前，對獼猴說：「這裏的環境太好了，我要在你房子的左邊建新房，和你做鄰居。我頭腦聰明，辦法多，以後你有什麼難事，我會給你出主意想辦法的。」

在一旁觀賞美景的狗熊急忙衝過來，對獼猴說：「我被這裏的

景色迷住了，我要在你房子的右邊建新房，和你做鄰居。我身體壯實，力氣大，以後你有什麼需要我出力的時候，我一定幫忙。」

獼猴看著機靈的紅狐狸和身體健壯的狗熊，高興地說：「好啊，有你們兩位做鄰居，我就不再孤獨，有什麼困難也可以相互幫助啊！」

刺蝟走過來，對獼猴說：「我也要在小溪邊造新房，和你們做鄰居。」

獼猴不屑一顧地看了一眼刺蝟，說：「我和紅狐狸、狗熊都有光亮的皮毛，我們做鄰居很合適。你是外貌難看的小動物，做鄰居不太合適。你一定要在這裏建房子，我也不好反對，不過，你的房子一定要離我們的房子遠一點。」

沒有多久，紅狐狸在獼猴房子的左邊建了一幢新房子，狗熊在獼猴房子的右邊建了一幢新房子。狗熊新房右邊有一幢小房子，這是刺蝟建的新房。

獼猴、紅狐狸、狗熊都很高興，在一起討論以後如何成為好鄰居。突然，饑餓的老虎從樹叢後悄悄走出來，一把抓住了獼猴。獼猴沒有想到老虎會突然襲擊，一邊拚命掙扎一邊大聲呼救。

紅狐狸和狗熊見獼猴被老虎抓住，一溜煙逃進自己家裏，把大門緊緊關上。

獼猴正在絕望的時候，只見刺蝟把身體蜷縮成刺球，「滴溜溜」向老虎滾過去。刺蝟在老虎的腳上「刷刷刷」滾去，又「刷刷刷」滾過來。老虎十分惱怒，放下獼猴衝上去對付刺蝟。刺蝟趁老虎低頭的時候，突然把尖刺扎在他鼻子上。老虎這才知道刺蝟不是好惹的，捂著流血的鼻子就逃，躲進了深山密林。

獼猴對刺蝟說：「謝謝你救了我。你才是我的好鄰居啊！」

故事啟示

有的人平時喜歡自吹自擂，承諾在別人困難的時候一定鼎力幫助。但是當別人真的需要他幫助時，他卻溜之大吉了。

⑰ 斑馬戰獅子

綠茵茵的草地上，一群斑馬正在津津有味地吃草，他們身上黑白相間的斑紋在陽光下顯得格外美麗。

一匹健壯的斑馬站在高坡上，昂起頭警惕地觀察著周圍的動靜。突然，他發現草叢中四隻獅子正悄悄地向這邊走過來，急忙大叫一聲。正在吃草的斑馬們聽到警報，拔腿就跑。

肚子餓得貼在背脊上的獅子們原來準備偷襲，沒有想到被放哨的斑馬發現了。獅子們只得改偷襲為強攻，一起向正在拚命逃跑的斑馬群猛衝，想捕殺那些跑得慢的小斑馬和老斑馬。

身強力壯的年輕斑馬們看出了獅子的險惡用心，自動圍成一個圓圈，把小斑馬和老斑馬保護在圓圈中間。他們的頭向著圓圈中央，把臀部對著圈外的獅子。獅子們餓極了，不顧一切向斑馬的臀部撲過去，斑馬用有力的腳向獅子臉上猛踢，疼得他們大吼大叫起來。獅子見斑馬排的「圓圈陣」厲害，知道盲目攻擊是自討苦吃，只好快快地離開了。

斑馬們見獅子已經離開，就散開來，奔到小溪邊去飲水。負責放哨的斑馬再次發現樹叢在晃動，趕忙發出警報。原來，狡猾的獅子躲在小溪邊樹叢中，等候斑馬來飲水時發起突襲。

斑馬們聽到警報，馬上拚命奔跑。獅子一見，也緊跟在後面追趕。這次，斑馬們又想用「圓圈陣」對付獅子，可是小溪邊地方狹小，難以佈陣。獅子們見斑馬不能擺「圓圈陣」，十分高興，迅速地向落在後面的小斑馬和老斑馬衝了過去。

正在千鈞一髮的危險時刻，一匹健壯的年輕斑馬毅然離開大家，勇敢地向獅群衝過去。年輕斑馬擋住了追趕斑馬群的獅子，用腳不停地向他們猛踢。獅子們十分惱火，把這匹斑馬團團圍住。經過一場激烈的大搏鬥，這隻勇敢無畏的斑馬被獅子們吃掉了。斑馬群抓緊時機，轉移到了安全的地方。

故事啟示

只有用集體的智慧和力量，才能戰勝強敵；有奮不顧身捨己救群的勇士，才能保護弱小。有勇有謀和自我犧牲精神，是戰勝強大敵人的法寶！

18 鯰魚的體會

黑魚晃動著黑色的尾巴，在清澈的河水中尋找食物。他找了半天也沒有找到食物，深深嘆了一口氣。

長著長鬍鬚的鯰魚正在水草叢邊休息，聽到黑魚在嘆息，問道：「你怎麼唉聲嘆氣，是身體不舒服，還是有什麼不順心的事情？」

黑魚看了一眼鯰魚，說：「我身強力壯，發起攻擊時十分勇猛，大家都說我是河中的老虎。可是現在我連肚子都吃不飽，你說能夠高興得起來嗎？」

鯰魚說：「嘆息解決不了生活中的困難，你必須有積極面對的勇氣啊！」

黑魚說：「大一點的魚都很警覺，攻擊他們很難成功。一些小魚小蝦都很狡猾，遠遠看到我就躲藏在水草叢中。我的生活很艱難。看你身體胖胖的，心情也很好，生活過得不錯吧？」

鯰魚說：「我的身體不如你強壯，攻擊時也沒有你勇猛，如果我光靠找小魚小蝦過日子，那肯定得餓肚子。我主要靠捕捉岸上的老鼠生活，所以日子過得還算不錯。老鼠肉十分鮮美，比小魚小蝦還要營養豐富呢！」

黑魚聽了鯰魚的話，十分疑惑，說：「你生活在水中，老鼠生活在岸上，聽說還十分狡猾，你怎麼能夠抓得到他？」

鯰魚抬頭一看，見天色漸漸變暗，知道已經是傍晚了，就對黑魚說：「你要知道我是怎麼捕捉老鼠的，就跟我到岸邊去吧！」

鯰魚游近岸邊，將尾巴放在河岸。老鼠正在岸邊尋找食物，聞到岸邊有魚腥味，急忙趕了過去。老鼠見到了岸邊的魚尾巴，先用前爪去輕輕撥動了幾下，鯰魚仍然一動不動。老鼠以為一定是一條死魚，就放心大膽地張口咬住尾巴使勁往岸上拖。

鯰魚見老鼠已然中計，就使出全身力氣把尾巴猛然一甩，將老鼠拖入河中。鯰魚回頭用鋸齒狀的牙齒咬住老鼠，使勁往深水裏拖。老鼠在水下不能換氣，掙扎一陣後便活活淹死了，成為鯰魚的美食。

黑魚看了鯰魚擺「尾巴陣」誘捕老鼠的經過後，說：「你是河中的貓，比我這河中老虎聰明得多了呢。」

故事啟示

要在這個充滿競爭的世界上生存，除了需要勇氣，還必須要有智慧才行。如果一個人喪失了自信和勇氣，又缺乏智慧，也就失去了取得成功的可能性。

⑲ 神奇果

小猴看到地上有兩顆黃燦燦的芒果，就撿了起來。

狐狸看見了，十分眼紅，眼珠骨碌一轉，對小猴說：「這兩顆水果是我掉在這裏的，你快還給我！」

小猴懷疑地看了一眼狐狸，說：「你既然說水果是你的，你能夠說出水果的名字叫什麼，還有你是在哪裏得到的嗎？」

狐狸從來沒有見過這種水果，嘴裡支支吾吾的，回答不出來。

小猴知道狐狸是想把芒果騙去，就對他說：「你連這水果的名字也說不出來，又不能證明是你的，我不能給你！」

狐狸和小猴大聲吵了起來，還跳過身去，想搶小猴手中的芒果。

小猴一邊躲開一邊大聲喊：「大家快來看，狐狸光天化日搶東西啦！」

金絲猴從樹上跳下來，看了小猴手中的芒果，故意神祕兮兮地說：「哇，哪裏弄到的『神奇果』？」

狐狸聽金絲猴說是「神奇果」，就說：「對，是『神奇果』，剛才我忘了。」

金絲猴向小猴眨了眨眼，讓他把芒果交給狐狸。狐狸一拿到芒果就想往嘴裏送。

金絲猴對狐狸說：「你先慢點吃，你知道吃了『神奇果』會怎樣嗎？」

狐狸說：「這『神奇果』一定香甜可口，很解饞！還會怎麼樣呢？」

金絲猴說：「『神奇果』是香甜可口，很解饞，沒錯。不過，誰吃了它就會情不自禁地把自己以前所做的各種壞事，一一講出來，想控制也控制不了呢。」

狐狸半信半疑，說：「我從來沒有聽說過，這是真的嗎？」

金絲猴說：「當然是真的，不然怎麼會叫『神奇果』呢！」

狐狸想：「自己偷過雞，殺害過兔子，如果吃了這『神奇果』，糊裏糊塗說出來了，這不是不打自招嗎？後果不堪設想。」

於是，狐狸把兩顆芒果往小猴手中一放，說：「我剛才不過是和你開玩笑！『神奇果』既然是你撿到的，還是你自己吃吧！」

金絲猴料到狐狸不敢吃，故意說：「狐狸先生，你也別客氣。我看這樣，兩顆『神奇果』你們各吃一個吧！」

狐狸一邊溜走一邊說：「不，我肚子疼，不能吃。」

故事啟示

做了壞事的人，總是心虛的，最怕別人知道他的罪行。有些人頭腦很聰明，如果用在正道上能做出成績。但是他們常常用歪點子坑、蒙、拐、騙，十分可惡。

20 刺蝟智鬥灰狼

刺蝟把身體蜷成一個刺球，在草叢中「呼嗒、呼嗒」睡大覺。一隻肚子餓得「咕咕」直叫的灰狼走過來想吃刺蝟，可是無從下口。

灰狼一邊用腳使勁拍打著草地，一邊大聲說：「快醒醒，快醒醒！」

刺蝟被灰狼吵醒了，伸出腦袋，說：「我睡得正香，你叫醒我做什麼？」

灰狼裝出一本正經的樣子，說：「現在大家都在講美觀，你蜷成刺球的睡覺姿態很不雅觀，還是改變一下睡覺姿態為好！」

刺蝟想：「我蜷成刺球睡覺是『武裝睡覺』，這樣可以防止遭到壞人的突然襲擊呢。」

刺蝟知道灰狼沒安好心，故意裝出謙虛的樣子，問道：「那你認為我怎樣的睡覺姿態才算雅觀呢？」

灰狼說：「我看你還是伸直身體，仰面朝天睡覺好。這樣不僅姿態自然美觀，肚子上還可以曬到溫暖的陽光，多麼舒服啊！」

刺蝟知道這是灰狼的壞主意，靈機一動，說：「你講得有道理，我現在就聽你的。」

灰狼見刺蝟仰面朝天躺在地上，露出了沒有刺的肚子，一邊心裏暗暗高興著，一邊就突然撲了上去，想用他那尖利的牙齒撕開刺蝟的肚子。其實，刺蝟早就料到灰狼會來這一手，立刻以迅雷不及掩耳之勢「刷」一下又蜷成了刺球。這時，灰狼想避開已經來不及了，他的鼻子被刺蝟背上的尖刺狠狠地刺了一下，疼得他「哇哇」直叫。

刺蝟笑著對灰狼說：「灰狼先生，剛才你的嘴巴伸到我的肚子上來了，你怎麼對我的肚子突然感興趣了呢？」

灰狼用手捂著流著血的鼻子，尷尬地說：「別誤會，別誤會！我沒有什麼惡意，只是想用鼻子拱拱你的肚子，和你鬧著玩的罷了！你不該刺傷我的鼻子呀！」

刺蝟幽默地說：「我的肚子最怕被搔癢了，一動它我就忍不住要蜷成一團。不信我們再試一次！」

灰狼一個勁地搔著頭，溜走了。

故事啟示

高度的警惕性和勇敢機智，是保護自己的法寶。謹慎與怯懦不是同義語，正如勇敢並不等於魯莽一樣。

21 小蒼鷺的新招

早晨，太陽剛剛升起，老蒼鷺就來到湖邊的淺水中尋找食物。

老蒼鷺見一隻小蒼鷺也在淺水中尋找食物，就對他說：「我們蒼鷺有長頸、長嘴、長腿，適合在淺水中捕小魚。捕魚要有耐心，靜靜地站在水中等小魚游過來。」

小蒼鷺說：「湖這麼大，如果小魚不游過來怎麼辦呢？」

老蒼鷺說：「小魚不過來，我們只能在這裏等待，半天等不

來，等一天。所以，人們稱我們蒼鷺為『老等』。」

老蒼鷺和小蒼鷺站在水中，眼睛盯著水面，卻一直不見小魚游過來。小蒼鷺等得不耐煩了，回頭用長嘴去整理自己的羽毛。一根脫落的小羽毛飄落在水中，水中的小魚看見了，誤以為是什麼好吃的東西，飛快地衝向小羽毛。小蒼鷺以閃電般的動作把小魚一口咬住，吃進了肚子。

小蒼鷺想了想，用嘴叼起水上的那根小羽毛，讓它再次飄落到水中。很快又有一條小魚以為是食物，衝向小羽毛，小蒼鷺又方便地抓到了小魚。

老蒼鷺還是在那裏耐心地等待小魚，可是等了半天也不見小魚蹤影。

小蒼鷺對老蒼鷺說：「你這樣老是等著也不是辦法，還是學習我的辦法，用羽毛做誘餌引誘小魚，用這個新招能夠很方便地捕捉到魚喔。」

老蒼鷺狠狠地瞪了一眼小蒼鷺，說：「『老等』是我們蒼鷺祖輩傳下來的捕魚經驗，你卻另搞一套，破壞了規矩！我寧願老等著，也不會學你的怪招！」

後來，有一些蒼鷺學習了小蒼鷺的捕魚新招，成了會用羽毛捕魚的蒼鷺；還有一些蒼鷺和老蒼鷺一樣不願學習小蒼鷺的新招，堅持站在淺水中「老等」。

小蒼鷺看著那些「老等」，說：「老經驗也不是完全正確的，我的新招變被動為主動有什麼不好呢？」

故事啟示

只有愚者才等待機會，而智者則製造機會。如果你善於創造機會，那麼就能夠變被動為主動。

22 蟋蟀王中計

有一隻蟋蟀身體健壯，牙齒鋒利，他戰勝了許多對手，終於成了蟋蟀王。蟋蟀王的叫聲特別響亮，別的蟋蟀只要一聽到他的叫聲，都馬上不敢叫了。

蟋蟀王大聲對蟋蟀們說：「我是蟋蟀王，你們都得聽我的。誰不聽話，我就對他不客氣！」

蟋蟀王見蟋蟀們都對他服服帖帖，十分高興。一天早晨，蟋蟀們在草地上玩，你一聲我一聲叫得很開心。這時，蟋蟀王突然「嘓——嘓嘓——」大聲叫了起來，蟋蟀們都知趣地退到一邊，不敢再叫了，只剩下一隻不懂事的小蟋蟀仍然在那裏叫著。蟋蟀王十分生氣，馬上衝過去把小蟋蟀的一條大腿咬了下來。蟋蟀們都覺得蟋蟀王太過分了，大家憤憤不平，可是都敢怒不敢言。

傍晚，蟋蟀王雄赳赳地站在一塊小石頭上，「嘓——嘓——」大聲叫了起來。蟋蟀王正叫得得意的時候，突然聽見不遠處小樹叢中傳來蟋蟀的叫聲。

蟋蟀王十分惱火，大聲對著小樹叢說：「再叫一聲我就要了你的命！」

「嘓——嘓嘓——」的聲音不斷從小樹叢裏傳出，而且越叫越響。蟋蟀王從小石頭上跳下來，殺氣騰騰地衝向小樹叢，準備把膽大妄為的蟋蟀咬死。他哪裏知道，剛才的「嘓嘓」叫聲是一隻叫紅點頦的鳥發出的。紅點頦的喉部有一塊明顯的紅色，叫聲婉轉細柔，十分動聽。他的特長是能夠分別模仿蟋蟀、油葫蘆、金鈴子、金鐘子的鳴叫。

蟋蟀王見是紅點頦在模仿自己的叫聲，生氣地說：「你模仿我們蟋蟀的叫聲，確實維妙維肖，但是你這樣鬧著玩有什麼意思呢?!」

紅點頦說：「我模仿蟋蟀的叫聲，並不是鬧著玩的，是為了把蟋蟀引誘過來，成為我的美味佳餚啊！」

蟋蟀這才知道中了紅點頦的「仿聲計」，正想逃跑，被紅點頦一口吞進了肚子。

故事啟示

不要以為機會像一個到你家裏來的客人，它在你門前敲著門，等待你開門把它迎接進來。稍縱即逝的機會要靠你自己去發現並及時搶抓。如果良機不來，就自己創造。

㉓ 黃鼠狼的智慧

黃鼠狼媽媽有兩個孩子，他們住在河岸邊的一個洞穴中。早晨，黃鼠狼媽媽見孩子們還在睡夢中，就獨自外出尋找食物。黃鼠狼媽媽在莊稼地裏抓住一隻田鼠，叼著他就向自己的洞穴走去。

大青蛇在河邊尋找食物，發現洞穴中有兩隻剛剛睡醒的小黃鼠狼，喜出望外。兩隻小黃鼠狼見洞口的大青蛇不懷好意，急忙衝到了洞外，一起用臀部對著他「叭叭」放出臭氣。

大青蛇冷笑一聲，不屑一顧地說：「別的動物受不了你們這一招，我才不怕呢！」

黃鼠狼媽媽見大青蛇張開大嘴巴撲向自己的孩子，怒火中燒。她把已經被咬得半死的田鼠丟在一邊，跳到了自己的孩子面前，護著他們。黃鼠狼媽媽用尖利的爪子，與大青蛇展開了生死大搏鬥，打得難解難分。

突然，大青蛇使出了他的看家本領，用長長的身體一圈又一圈地纏繞住黃鼠狼媽媽，讓她絲毫不能動彈。大青蛇只要收緊纏繞著的身體，黃鼠狼媽媽就會很快窒息死亡。大青蛇覺得勝利在望，高興得哈哈大笑起來。

黃鼠狼媽媽卻不慌不忙，一個勁地吸氣，用力把自己的肚子鼓起來，體形變大了很多。大青蛇使勁纏繞，想盡快把黃鼠狼媽媽弄死。黃鼠狼媽媽猛吐一口氣，使得原來膨脹的肚子突然變小，縱身一躍從大青蛇的纏繞中跳了出來。

大青蛇用身體纏繞的方法捕殺獵物是祖傳絕招，只要被他纏住，就難以逃脫。大青蛇見黃鼠狼媽媽用「鼓氣縮身法」輕而易舉地逃脫了，大吃一驚。跳出圈外的黃鼠狼媽媽猛回頭，在大青蛇的頭上猛咬一口。大青蛇知道不是黃鼠狼媽媽的對手，急忙鑽進樹叢逃跑了。

故事啟示

面對強大敵人，光憑勇氣莽撞出擊往往會吃大虧。應該冷靜思考，用智慧與他巧妙周旋，出其不意奪取勝利。

24 亡羊不補牢

有一個年輕牧民的羊圈柵欄有一處破損，沒有及時修好。深夜，狼在柵欄破損處鑽進去叼走了一隻小羊。

失去小羊的年輕牧民看著羊圈，傷心地說：「沒有想到，就這麼一點破損，竟然讓該死的狼鑽了空子。」

鄰居老牧民說：「被狼吃了小羊確實心痛，不過俗話說『亡羊補牢』還不算晚。你還是趕快把羊圈柵欄補好，讓狼沒有空子好鑽

吧。」

年輕牧民看了看破損的羊圈柵欄就走了，一直到傍晚也沒有去修補。

老牧民看著破損的羊圈，自言自語地說：「『亡羊補牢』是吸取教訓的唯一方法。亡羊不補牢，肯定又會遭損失！」

深夜，狼又來到羊圈旁，見破損的柵欄仍然沒有修補好，迫不及待地向裏面鑽。突然「啪」的一聲，狼的腳被捕獸夾子緊緊夾住。狼拚命掙扎，可是怎麼也掙脫不了。

老牧民知道年輕牧民抓住了偷羊的狼後，恍然大悟，對年輕牧民說：「原來你是故意不把破損羊圈補好的啊！」

年輕牧民說：「『亡羊補牢』只是吸取教訓，不能將已經遭受的損失補回來。我『亡羊不補牢』，是引狼入陷阱，將他捕獲。我可以把賣狼皮的錢彌補失去小羊的損失，這樣不是更好嗎？」

故事啟示

樂觀主義者從每一次的災難中看到機遇，而悲觀主義者卻從每一個機遇中看到災難。一個聰明人所創造的機會比他所發現的機會更多。

25 打狼之後

山村裏近來不太平，一隻大灰狼經常在晚上潛入村子，叼走雞鴨，咬死豬羊，還把追打牠的村民咬成重傷。村長貼出告示，誰為民除害，打死這隻惡狼，就獎勵他一千元。

張二對李三說：「這隻大灰狼兇猛異常，碰見上不被牠咬死，也會被咬成重傷。我們還是回家關緊門睡覺去，讓不要命的傻瓜去對付惡狼吧。」

晚上，村民阿龍聽見屋外面有異常聲響，就拿了一根木棍悄悄走出去查看。藉著月光，他看見大灰狼正向鄰居張二的雞舍走去。阿龍「嗖」地一下衝過去，大吼一聲用木棍向大灰狼打去。大灰狼避開木棍，向阿龍猛撲過去，抓破了他的手。阿龍忍著疼痛，木棍像雨點一樣向兇惡的大灰狼打去，大灰狼終於被阿龍打得癱倒在地，四腳一伸，死了。張二和李三聞聲趕來，他們拿起小石頭，向大灰狼屍體上砸去。

村民們都趕來，個個拍手稱快。

村長問：「是誰打死了可惡的大灰狼的呢？」

阿龍還沒有開口，張二和李三忙說：「是我們和阿龍一起將大灰狼打死的。」

村長知道阿龍憨厚老實，張二和李三卻是愛出風頭、愛佔便宜的人，他想了想，故意大聲說：「啊！不得了啦！你們闖禍了，這打死的是村東頭王富貴家花一千多元錢剛買回來的名種狼狗！你們錯把牠當大灰狼打死了。既然是你們三人共同打死的，就共同賠錢吧！」

張二和李三聽了村長的話，忙分辯道：「這狼狗是阿龍一個人打死的，與我們無關，我們只是在牠的屍體上扔了幾塊小石頭而已。」

村長哈哈大笑，說：「哈哈！為了讓張二和李三說實話，剛才我是故意這麼說的。其實，打死的的確是大灰狼，而不是什麼名種狼狗啊。大灰狼是阿龍一人打死的，一千元獎金就歸給他了！」

張二和李三想冒充英雄搶功不成，還在鄉親們面前丟盡了臉，十分尷尬。

故事啟示

有一些人就是這樣，當危機來臨之時怕得要命，當危機解決之後卻突然變得比誰都勇敢。你若失去了財產，只不過失去了金錢；你若失掉了勇敢，就會把一切失去。

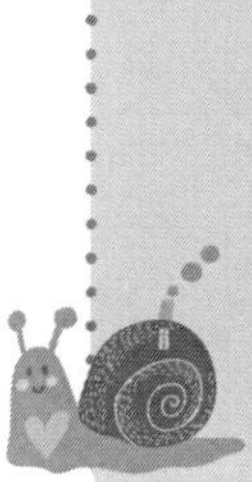

㉖ 灰兔的經驗

灰兔唱著歡樂的歌，蹦蹦跳跳去小溪邊喝水。

灰兔看到正在沙灘上唉聲嘆氣的白兔，關心地問：「你身體不舒服嗎，還是有什麼不順心的事？」

白兔搖了搖頭，說：「我身體沒有什麼不舒服，就是感嘆命運太不公平。你難道不覺得在所有動物中我們兔子是最不幸的嗎？」

灰兔笑著說：「我生活得很快樂，從不覺得像你說的那樣不幸啊！」

白兔說：「大象有象牙和有力的長鼻子，誰也不敢欺負他；刺蝟渾身有尖刺，老虎也拿他沒有辦法……這森林中大大小小的動物都有各自的防衛武器，我們兔子卻什麼都沒有，要生存多麼艱難啊！」

突然，大灰狼從樹叢後跳出來，張牙舞爪向白兔和灰兔撲過去。白兔見大灰狼就在眼前，嚇得渾身發抖。灰兔見大灰狼氣勢洶洶地撲過來，一點兒也不驚慌。灰兔迅速轉身，用臀部對著大灰狼，鎮定地爬伏在沙灘上一動不動。大灰狼想：「灰兔一定是被嚇暈了吧？」冷笑一聲，張開大嘴就去咬灰兔。灰兔見時機已到，兩隻有力的腳不停地撥動沙子。沙子像無數顆子彈一樣向大灰狼的頭上射去，他的眼睛裏、嘴裏滿是沙子，疼得「哇哇」直叫。大灰狼沒有想到灰兔有這一招，揉著眼睛跌跌撞撞地逃走了。

白兔見灰兔打敗了大灰狼，十分佩服，說：「你真了不起，打敗了兇惡的大灰狼。你為什麼見了強敵毫不畏懼，能夠以弱勝強呢？」

灰兔說：「有勇氣和智慧，才能夠戰勝強敵。」

故事啟示

生活在這個充滿競爭的世界上，不能整天怨天尤人，只能坦然面對。缺乏自信和勇氣，沒有和困難交手就先失敗了。

27 藍甲蟹的命運

海灘上，藍甲蟹耀武揚威地舞動兩隻螯，對個子稍小一點的藍甲蟹說：「雖然我們都是藍甲蟹，但是屬於兩個不同的種類。我膽大威猛，敢打敢拚；你卻膽小如鼠，一有動靜就開溜。你難道不感到悲哀嗎？」

小個子藍甲蟹說：「我遇事謹慎小心，如果覺得自己明顯處於弱勢，就三十六計——走為上策。這是一種生存策略，我絲毫沒有

感到悲哀呀！」

大個子藍甲蟹輕蔑地看了一眼小個子藍甲蟹，說：「我十分強悍，再強大的敵人也不怕。要在這個充滿競爭的世界上生活，就不能低聲下氣、軟弱無能，必須要當強者，要有霸氣。你見到敵人不是聞風而逃就是一動不動就地裝死，這樣懦弱十分窩囊，真是沒有出息！」

小個子藍甲蟹發現黃鼠狼正在向這邊衝過來，急忙對大個子藍甲蟹說：「黃鼠狼來了，快逃！」

大個子藍甲蟹見小個子藍甲蟹慌忙鑽進泥洞，不屑一顧地說：「膽小鬼！我身上有堅硬的藍色外殼，才不怕黃鼠狼呢！」

大個子藍甲蟹瞪著突出的眼珠，揮舞著兩隻螯，擺出一副決戰的架勢。黃鼠狼一隻腳踩住大個子藍甲蟹，用尖利的牙齒咬開他的藍色外殼，津津有味地吃了起來。

小個子藍甲蟹見黃鼠狼走遠了，才從洞中爬出來。他看著大個子藍甲蟹的空殼，感慨地說：「同是藍甲蟹，性格不同，命運各異。有時甘當弱者也是一種生存智慧啊！」

故事啟示

人生最大的幸運不是我們能一帆風順，而是我們掌握了不停變通的生存智慧。

㉘ 海豹逃生

北極的海面上風平浪靜，有許多浮冰在緩緩漂流。海豹媽媽和她的孩子躺在一塊薄薄的浮冰上休息，她的眼睛警惕地觀察著四周。

海豹媽媽對孩子說：「狡猾的北極熊常常躲藏在浮冰後面，推著它緩緩接近獵物，然後發起突然襲擊。一些海豹因麻痹大意，讓北極熊計謀得逞，我們必須提高警惕啊！」

小海豹說：「北極熊身強力壯，十分兇殘。一旦遭到突然襲擊，豈不死路一條？」

海豹媽媽說：「北極熊是我們最危險的敵人，但是再強大的敵人也會有弱點。北極熊會游泳，潛水卻比我們差遠了。一旦情況危急，我們只要潛入水中，他就無法抓住我們。」

北極熊在水中一邊游一邊推著一塊不大的浮冰，悄悄從後面接近海豹媽媽和孩子乘坐的那塊浮冰。他見時機已到，迅速把尖利的爪子伸向小海豹。海豹媽媽急中生智，突然將身體向空中一躍，身體掉下時「啪」一聲薄薄的浮冰被砸得四分五裂。她拉著小海豹，飛快潛入了海水中。北極熊沒有想到海豹還有這一招，只好望著海面乾瞪眼。

海豹媽媽帶著孩子逃離了北極熊後，爬上一大塊厚厚的浮冰上休息。

小海豹說：「媽媽，在危急的時候你能夠用身體將薄冰砸碎，但是這塊又厚又大的浮冰肯定砸不碎，如果再次遭到北極熊的突襲，怎麼辦啊！」

海豚媽媽說：「別擔心，如果發現北極熊襲擊，我會迅速將你推入海中。到時我們潛入水中就安全了。」

小海豹想了想，說：「如果兩隻北極熊從兩邊同時發動襲擊，那我們不就很難逃脫了嗎？」

海豹媽媽說：「我們要在這塊浮冰的中間挖一個通向海中的洞，危急時候就能夠從洞中安全撤離了呀。」

故事啟示

任何時候都不能大意，要時刻提高警惕，有備無患。只有這樣，在危急時刻才能機智面對，化險為夷。

㉙ 勇敢的岩羊

太陽剛剛升起，岩羊媽媽就帶著自己的孩子準備攀爬山崖。母豬摟著小豬走過，對岩羊媽媽說：「攀爬山崖既辛苦又危險，你怎麼能夠帶著孩子去冒險？」

岩羊媽媽回頭對母豬說：「我的孩子產後兩小時就可站立活動，出生十天後就能攀登山崖呢。」

母豬說：「你讓自己的孩子吃苦受罪，是世界上最狠心的媽媽，你的孩子太不幸了！」

小岩羊對母豬說：「媽媽讓我從小練習攀爬山崖，為的是鍛鍊我的體魄，磨練我的意志。她是世界上最好的媽媽！」

母豬指著自己懷裏胖乎乎的小豬，說：「我把自己的孩子當作寶，從來不讓他吃苦，生活得十分安逸舒適。我才是世界上最好的媽媽呢！」

岩羊媽媽說：「我覺得孩子從小要刻苦鍛鍊，不要貪圖安逸舒適，長大後才有出息啊！」

突然，山石後竄出一隻饑餓的大灰狼，向岩羊媽媽和小岩羊撲了過去。岩羊媽媽和小岩羊縱身一躍，敏捷地跳到陡峭山崖的岩石上。大灰狼不敢爬這麼陡峭的山崖，束手無策。

大灰狼回頭發現了不遠處的母豬和小豬，飛快地衝了過去。母豬見情況危急，急忙拉著小豬拚命向山崖上逃跑。小豬平時不鍛鍊，攀爬山崖十分害怕，根本爬不上去。

大灰狼一邊向氣喘吁吁的小豬撲過去，一邊得意洋洋地說：

「你爬不了山，跑不了啦！」

母豬想救小豬，可是無能為力。千鈞一髮之際，山崖上的岩羊媽媽急中生智，把一塊小石子踢向大灰狼。石子「啪」一下正好擊中大灰狼的頭，他只覺得眼前金星飛濺，頭疼得像要裂開一樣。大灰狼嚎叫一聲，狼狽逃竄。

母豬看看在山崖岩石上靈活飛躍的小岩羊，又看看嚇得不停發抖的小豬，陷入了沉思。

故事啟示

被過分嬌寵的孩子會喪失許多鍛鍊的機會，不利於培養健全的性格。缺少勇敢精神，對於孩子全面發展有不利影響。

30 虎鯨和大白鯊

波濤起伏的大海是一個奇妙的世界，裏面生活著各種各樣的動物。虎鯨和大白鯊不僅個子特別巨大，而且都十分兇猛。

一天，虎鯨和大白鯊相遇了。

大白鯊兇神惡煞地似瞪了一眼虎鯨，大聲說：「我是大名鼎鼎的海中霸王大白鯊，你竟敢擋住我的去路，還不趕快讓開，不然我把你吃了！」

虎鯨對大白鯊說：「大海又不是你的，憑什麼非要我給你讓路？」

大白鯊見虎鯨不買他的賬，氣得把牙齒咬得「格格」作響。

大白鯊對虎鯨說：「你只不過是海洋中的哺乳動物，竟敢擋我的路。我今天要讓你嘗嘗我大白鯊的厲害！」

海龜見大白鯊就要向虎鯨發動攻擊，急忙對虎鯨說：「你雖然很有實力，但是比起大白鯊來可能稍遜一籌。好漢不吃眼前虧，你還是避開他吧。」

虎鯨沒有躲閃，反而向猛衝過來的大白鯊迎了上去。虎鯨用尾巴在大白鯊身體下面突然用力揮動，讓大白鯊身邊的海水形成向上推動的巨大漩渦。大白鯊在漩渦產生的水流中身不由己地向上浮動，一直浮上了海面。

虎鯨的尾巴迅速露出水面，朝大白鯊頭部猛擊，就像空手道劈砍一樣。大白鯊被打得頭暈眼花，頭部迅速向下沉沒。虎鯨一口咬住大白鯊的尾部，使大白鯊身體倒掛。大白鯊身體倒掛時毫無反抗能力，只好認輸求饒。

虎鯨放下大白鯊，說：「今天我就放了你，若再敢在我面前耀武揚威，就絕不饒你！」

海龜看到虎鯨戰勝大白鯊，十分佩服，說：「我原以為大白鯊是大海中的巨無霸，誰都不是他的對手。今天才知道，你能夠利用揮動尾巴形成的漩渦巧妙地對付他。你足智多謀，很了不起啊！」

虎鯨說：「要在競爭激烈的大海中生存，除了需要實力和勇氣，還需要智慧啊！」

故事啟示

兩強相遇，勇者勝；兩勇相遇，智者勝。在充滿競爭的世界上，只有勇敢機智才能取得成功。

兒童・寓言2　PG1252

小學生寓言故事
──勇敢機智

作者／錢欣葆
責任編輯／林千惠
圖文排版／賴英珍、周好靜
封面設計／蔡瑋筠
出版策劃／秀威少年
製作發行／秀威資訊科技股份有限公司
114 台北市內湖區瑞光路76巷65號1樓
電話：+886-2-2796-3638
傳真：+886-2-2796-1377
服務信箱：service@showwe.com.tw
http://www.showwe.com.tw

郵政劃撥／19563868
戶名：秀威資訊科技股份有限公司
展售門市／國家書店【松江門市】
104 台北市中山區松江路209號1樓
電話：+886-2-2518-0207
傳真：+886-2-2518-0778

網路訂購／秀威網路書店：http://www.bodbooks.com.tw
國家網路書店：http://www.govbooks.com.tw
法律顧問／毛國樑　律師

總經銷／聯寶國際文化事業有限公司
221新北市汐止區康寧街169巷27號8樓
電話：+886-2-2695-4083
傳真：+886-2-2695-4087

出版日期／2015年3月　BOD一版　**定價**／200元
ISBN／978-986-5731-16-8

秀威少年
SHOWWE YOUNG

國家圖書館出版品預行編目

小學生寓言故事 : 勇敢機智 / 錢欣葆著. -- 一版. -- 臺北
市 : 秀威少年, 2015.03
面 ;   公分
ISBN 978-986-5731-16-8 (平裝)

859.6   103023811

讀者回函卡

感謝您購買本書，為提升服務品質，請填妥以下資料，將讀者回函卡直接寄回或傳真本公司，收到您的寶貴意見後，我們會收藏記錄及檢討，謝謝！如您需要了解本公司最新出版書目、購書優惠或企劃活動，歡迎您上網查詢或下載相關資料：http:// www.showwe.com.tw

您購買的書名：＿＿＿＿＿＿＿＿＿＿＿＿＿＿＿＿＿＿＿＿

出生日期：＿＿＿＿年＿＿＿＿月＿＿＿＿日

學歷：□高中（含）以下　□大專　□研究所（含）以上

職業：□製造業　□金融業　□資訊業　□軍警　□傳播業　□自由業

□服務業　□公務員　□教職　□學生　□家管　□其它＿＿＿

購書地點：□網路書店　□實體書店　□書展　□郵購　□贈閱　□其他

您從何得知本書的消息？

□網路書店　□實體書店　□網路搜尋　□電子報　□書訊　□雜誌

□傳播媒體　□親友推薦　□網站推薦　□部落格　□其他＿＿＿＿

您對本書的評價：（請填代號　1.非常滿意　2.滿意　3.尚可　4.再改進）

封面設計＿＿　版面編排＿＿　內容＿＿　文／譯筆＿＿　價格＿＿

讀完書後您覺得：

□很有收穫　□有收穫　□收穫不多　□沒收穫

對我們的建議：＿＿＿＿＿＿＿＿＿＿＿＿＿＿＿＿＿＿＿＿

＿＿＿＿＿＿＿＿＿＿＿＿＿＿＿＿＿＿＿＿＿＿＿＿

＿＿＿＿＿＿＿＿＿＿＿＿＿＿＿＿＿＿＿＿＿＿＿＿

＿＿＿＿＿＿＿＿＿＿＿＿＿＿＿＿＿＿＿＿＿＿＿＿

請貼
郵票

11466
台北市內湖區瑞光路 76 巷 65 號 1 樓
秀威資訊科技股份有限公司 收
BOD 數位出版事業部

（請沿線對折寄回，謝謝！）

姓　　名：____________ 年齡：________ 性別：□女 □男

郵遞區號：□□□□□

地　　址：____________________________

聯絡電話：（日）____________ （夜）____________

E-mail：____________________________